PERJALANAN KE MASA LALU

PERJALANAN KE MASA LALU

ALDIVAN TORRES

Canary Of Joy

Contents

I

Perjalanan ke masa lalu
Aldivan Teixeira Torres
Perjalanan ke Masa Lalu

Penulis: Aldivan Teixeira Torres
©2019-Aldivan Teixeira Torres
Semua hak dilindungi

Buku ini, termasuk semua bagiannya, dilindungi oleh hak cipta dan tidak dapat direproduksi tanpa izin penulis, dijual kembali atau ditransfer.

Biografi Singkat: Aldivan Teixeira Torres, lahir di Brasil, adalah seorang penulis konsolidasi dalam berbagai genre. Sejauh ini memiliki judul yang diterbitkan dalam puluhan bahasa. Sejak usia dini, ia selalu menjadi pencinta seni menulis yang telah mengkonsolidasikan karir profesional dari paruh kedua tahun 2013. Ia berharap dengan tulisan-tulisannya untuk berkontribusi pada budaya internasional, membangkitkan kenikmatan membaca pada mereka yang tidak memiliki kebiasaan. Misi Anda adalah menaklukkan jantung setiap pembaca Anda. Selain literatur, pengalihan utamanya adalah musik, perjalanan, teman, keluarga dan kesenangan hidup itu sendiri. "Untuk sastra, kesetaraan, persaudaraan, keadilan, martabat dan kehormatan manusia selalu" adalah motto nya.

Dimana aku?

Impresi pertama

Hotel

Makan malam

Jalan-jalan melalui desa

Kastil Hitam

Kapel Ruins

Perintah

Pertemuan Warga

Percakapan yang menentukan

Awal

Kereta Api

Dimana aku?

Aku bangun dan menyadari bahwa aku sendirian. Apa yang terjadi pada Renato? Mungkinkah dia tidak selamat dari perjalanan waktu? Itu saja yang bisa kusimpulkan saat itu. Tunggu? Dimana aku? Aku tidak tahu tempat ini. Tak ada tanah, tak ada langit, dan itu adalah vakum lengkap. Sedikit jauh dari tempat di mana aku berada, aku melihat pertemuan orang dalam prosesi, semua berpakaian hitam. Aku mendekati mereka untuk mencari tahu tentang apa itu. Aku tidak suka berada di tempat yang tidak diketahui sendiri. Setelah mendekat, aku sadar ini bukanlah prosesi, tapi pemakaman. Peti mati berdiri di pusat yang dipertahankan oleh tiga orang. Aku pergi ke salah satu orang yang hadir.

" Apa yang terjadi? Pemakaman siapa ini?

"Apa yang dikubur adalah keyakinan dan harapan dari orang-orang ini.

" Apa? Bagaimana?

Tanpa mampu memahaminya, aku berjalan pergi dari pemakaman. Apa yang orang-orang gila lakukan? Sejauh yang kutahu, kau mengubur orang mati dan tidak perasaan. Iman dan harapan tidak akan pernah dikubur bahkan jika itu adalah situasi putus asa. Pemakaman itu menghilang di cakrawala. Matahari muncul dan cahaya yang intens dapat dilihat di atas polos. Cahaya menembus dan mengkonsumsi seluruh tubuhku. Aku lupa semua masalah, kesedihan dan penderitaan. Ini adalah visi dari Sang Pencipta dan aku merasa benar-benar santai dan percaya diri di hadapannya. Di pesawat di bawah lonjakan bayangan dan dengan itu, orang-orang jahat. Penglihatan kegelapan merasukiku. Dua dataran yang terpisah mewakili "Pasukan lawan" yang satu wajah terus-terusan di alam semesta. Aku berada di sisi baik dan aku akan bekerja keras untuk memastikan bahwa itu akan selalu menang. Dua dataran menghilang dari visiku dan hanya ruang kosong yang tersisa bersamaku sekarang. Tanah muncul, bersinar biru dan dalam sekejap, aku bangun, seolah-olah semuanya tidak lebih dari mimpi.

Impresi pertama

Kebangkitan sejati membuatku dalam humor yang baik. Perjalanan tepat waktu tampaknya telah sukses. Di sisiku, masih tertidur, aku menemukan Renato sepertinya dia benar-benar menikmati perjalanannya. Dimana aku? Sebentar lagi aku akan mengetahuinya. Aku hati-hati merenungkan tempat dan itu terlihat akrab. Gunung, sayuran, topografi, semuanya sama. Tunggu. Ada yang berbeda. Desa ini tidak lagi tampaknya sama. Rumah-rumah yang sekarang ada, menyebar dari satu sisi ke sisi lain, jika bersamaan dalam barisan tidak lebih dari satu jalan. Aku mengerti apa yang terjadi: kami bepergian dalam waktu tapi tidak di luar angkasa. Aku harus turun gunung untuk mengamati semua ini. Aku mendekati Renato dan aku mulai mengguncangnya. Kita tidak bisa membuang waktu dengan penundaan karena kita punya tepat tiga puluh hari untuk membantu seseorang yang belum pernah kutemui. Renato meregang dan enggan mulai turun gunung dengan saya. Aku tidak berpikir dia sudah mendapatkan lebih dari pertempuran perjalanan waktu belum. Dia masih anak-anak dan membutuhkan perawatan saya.

Kami telah menurunkan bagian yang baik dari rute dan Mimoso mendekat semakin bertambah. Sudah kita lihat anak-anak bermain di jalan, wanita tukang cuci dengan karung mereka di bendungan terdekat, orang muda bersosialisasi di alun-alun lokal. Apa yang menunggu kita? Aku ingin tahu siapa yang butuh bantuan. Semua jawaban ini akan diperoleh dalam kursus buku. Sesuatu berdiri di langit Mimoso: awan gelap mengisi seluruh lingkungan. Apa artinya ini? Aku akan mencari tahu tentang hal itu. Langkah kita mempercepat, dan kita sekitar seratus meter dari desa. Utara adalah menara, gaya, dan rumah yang indah. Ini harus berfungsi sebagai tempat tinggal bagi seseorang yang penting. Di barat, sebuah istana hitam berdiri di antara rumah-rumah. Ini menakutkan hanya dengan penampilan. Kita akhirnya tiba. Kami berada di daerah pusat mana sebagian besar rumah-rumah yang terletak. Aku harus mencari hotel untuk beristirahat karena perjalanan itu panjang dan melelahkan. Tasku berat di lenganku. Aku bicara dengan salah satu warga yang memberitahuku di mana aku bisa menemukannya. Ini sedikit lebih jauh ke selatan dari tempat kita berada. Kita pergi ke sana.

Hotel

Perjalanan dari tempat kita sampai hotel dilakukan dengan damai. Kami hanya mengamati sedikit oleh orang-orang yang kami temui. Di antara orang-orang ini, beberapa angka berdiri di luar: Seorang wanita dengan topi di gaya Carmen Miranda, seorang anak laki-laki dengan cambuk di punggungnya, dan seorang gadis yang sedih yang muncul menjadi pengawalnya. Mereka semua bertingkah aneh seolah-olah desa ini bukanlah komunitas biasa. Kita berada di depan hotel. Di luar, bisa dijelaskan seperti ini: satu cerita, kediaman Brick, dengan sekitar 1600 kaki persegi dengan gaya rumah, terbalik, atap berbentuk V. Jendela dan pintu depan adalah kayu dan ditutupi dengan tirai mewah. Ada kebun kecil, di mana bunga dari berbagai jenis tumbuh. Ini adalah satu-satunya hotel di Mimoso, jadi kita telah diberitahu. Di sebelah, hanya beberapa kaki dari sini, adalah pom bensin. Aku mencoba untuk menemukan bel, tapi tidak bisa. Aku ingat bahwa kita mungkin di zaman kuno dan selain kita berada di pedesaan di mana kemajuan peradaban belum tiba. Solusi, untuk dihadiri, adalah menggunakan metode lama berteriak bahwa membangunkan bahkan orang tuli tak terbatas.

" Halo! Ada orang di sana?

Sebelum lama, pintu berderit dan sehingga muncul sosok seorang wanita yang stabil sekitar enam puluh tahun dengan mata cahaya dan rambut merah. Dia tipis, memiliki pipi yang menyiram dan dengan menganalisa wajahnya dia hanya sedikit marah.

"Suara apa ini di pendirianku? Apa kau tidak sopan santun?

"Maaf, tapi itu satu-satunya cara agar aku bisa mendapatkan perhatianmu. Apa kau pemilik hotel? Kita butuh akomodasi selama 30 hari. Aku akan membayarmu dengan murah hati.

"Ya, aku pemilik hotel ini lebih dari 30 tahun. Namaku Carmen. Aku hanya punya satu kamar yang tersedia. Apa kau tertarik? Hotel ini tidak mewah tapi menawarkan makanan yang baik, teman, akomodasi biasa dan jenis keluarga tertentu.

" Ya, kami akan menerimanya. Kami sangat lelah karena perjalanan panjang. Jarak dari sini ke ibukota sekita 233 mil.

"Kalau begitu, kamar ini milikmu. Basis kontraktual kita akan mencari tahu nanti. Selamat datang. Masuklah dan santai. Anggap saja rumah sendiri.

Kita pergi melalui taman yang memberikan akses ke pintu masuk. Istirahat yang baik dan makanan yang baik benar-benar bisa merekomendasikan kekuatan kita. Wanita yang menjawab kita dan siapa sekarang kita ikuti sangat bagus. Yang tinggal di hotel tidak akan begitu monoton. Saat dia punya sedikit waktu kita bisa bicara dan saling mengenal satu sama lain. Selain itu, aku harus mencari tahu siapa yang harus kubantu dan tantangan apa yang harus aku atasi untuk menyatukan kembali "Pasukan Berlawanan." Ini mewakili langkah lain dalam evolusiku sebagai peramal.

Pintu dibuka oleh Carmen dan kami masuk ke ruangan kecil dengan karakteristik furnitur sesuai dengan lukisan Renaissance. Suasana benar-benar sangat akrab. Duduk di bangku sebelah kanan, adalah tiga orang. Seorang pemuda, berambut muda, rambutnya hitam dan rambut yang sangat indah, seorang pria dari beberapa 40 tahun, dengan fisika yang baik, dengan mata muda, dan melihat wajahnya. Carmen menunjuk untuk memperkenalkan kita:

Ini suamiku Gumercindo (menunjuk ke orang tua), dan ini adalah tamu-tamu saya yang lain: Rivanio, empat puluh tahun, dan seorang pelayan di toko kereta api.

"Namaku Aldivan dan ini keponakanku, Renato.

Dengan presentasi yang dibuat, Carmen membawa kita ke kamar kita. Ini luas, ringan dan udara. Ada dua tempat tidur di dalamnya dan ini membuatku lebih santai. Kita membuang tas kita, mengakomodasi diri kita sendiri dan dalam saat Carmen meninggalkan kita. Kita akan istirahat sebentar dan kemudian kita akan makan malam.

Makan malam

Setelah tidur nyenyak, aku terbangun dengan kekuatan yang diperbarui. Aku di kamar hotel bersama Renato. Sadarku membebaniku seperti yang aku sadari bahwa aku telah berbohong. Aku bukan dari Recife juga Renato keponakanku. Namun, itu yang terbaik. Aku masih tidak benar-benar tahu orang-orang yang aku perkenalkan diri. Lebih baik tetap bertahan karena kepercayaan adalah sesuatu yang kau dapatkan. Setelah dipikir-pikir, jika aku mengatakan yang sebenarnya, mereka akan menyebutku gila. Sebenarnya aku pergi ke gunung untuk mencari mimpiku, aku melakukan tiga tantangan dan memasuki gua yang ditakuti. Menghindari perangkap dan skenario, aku menjadi Seer dan aku melakukan perjalanan melalui waktu untuk mencari yang tidak diketahui. Sekarang aku ada di sana untuk mencari jawaban. Aku bangun dari tempat tidur, aku membangunkan Renato dan bersama-sama kita menuju ruang makan. Kami lapar karena kami belum makan selama sekitar enam jam.

Kami memasuki ruang makan, menyambut satu sama lain dan kami duduk. Pesta yang diadakan bervariasi dan biasanya bubur jagung dengan susu atau sayuran jagung adalah pilihan. Untuk pencuci mulut ada kue adonan Cassava. Percakapan dimulai dan semua berpartisipasi di dalamnya.

"Tn. Aldivan, apa pekerjaanmu dan apa yang membawamu ke tempat kecil ini? Mempertanyakan Carmen.

"Aku seorang reporter dan wartawan di tambahan guru matematika. Aku dikirim oleh surat kabar ibukota untuk menemukan cerita yang bagus. Apa benar tempat ini menyembunyikan misteri yang mendalam?

"Kurasa. Namun, kita dilarang untuk membicarakannya. Jika kau tidak tahu, kita hidup di bawah hukum dan perintah Ratu Clemilda. Dia penyihir yang kuat yang menggunakan kekuatan gelap untuk menghukum orang yang tidak taat. Dia bisa mendengar semuanya.

Untuk sesaat, aku hampir tersedak pada makanan. Sekarang aku mengerti arti dari awan gelap. Keseimbangan "Pasukan lawan" rusak. Wanita jahat ini menghalangi sinar matahari, cahaya murni. Situasi ini tidak bisa tetap seperti ini selama waktu yang lama, jika Mimoso bisa mati bersama penghuninya.

"Apa benar wartawan itu banyak berbohong? Tanya Rivanio.

"Itu tidak terjadi, setidaknya dalam kasusku. Aku mencoba setia pada keyakinanku dan berita. Seorang wartawan yang serius, etis dan bersemangat tentang profesi mereka.

" Apa kau sudah menikah? Apa tujuan hidupmu? Carmen bertanya.

" Tidak. Suatu kali seseorang mengatakan kepada saya bahwa Tuhan akan mengirim seseorang kepada saya. Aku sekarang fokus pada studiku dan mimpi. Cinta akan datang suatu hari, jika itu adalah takdirku.

" Tn. Gumercindo, ceritakan tentang Mimoso.

"Seperti yang dikatakan istriku, Pak, kita dilarang bicara tentang tragedi yang terjadi di sini beberapa tahun yang lalu. Sejak Clemilda mulai memerintah, hidup kita tidak sama.

Emosi mengalahkan semua orang yang ada di ruangan. Air mata bersikeras mengalir di wajah Gumercindo. Ini adalah wajah seorang pria miskin yang lelah dengan kediktatoran kejam dari pesona ini. Hidup telah kehilangan arti bagi orang-orang ini. Yang tersisa hanyalah agar mereka mati dengan sedikit harapan bahwa seseorang akan membantu mereka.

"Tenang, semuanya. Ini bukan akhir dunia. Negara ini tidak bisa bertahan lama. Pasukan lawan dunia harus tetap di keseimbangan. Jangan khawatir. Aku akan membantumu.

"Bagaimana? Penyihir itu memiliki kekuatan atas manusia. Wabah nya telah menghancurkan banyak nyawa. (Gomes)

" Pasukan yang baik juga kuat. Mereka mampu membangun kembali kedamaian dan harmoni di sini. Percayalah.

Kata-kataku tidak memiliki efek yang diinginkan. Perubahan percakapan dan aku tidak bisa konsentrasi pada itu. Apa yang orang-orang ini pikirkan? Allah benar-benar peduli tentang mereka. Jika tidak, aku tidak akan pergi ke atas gunung, menghadapi tantangan, mengatasi gua dan bertemu wali. Semua ini adalah tanda bahwa hal bisa berubah. Tetapi mereka tidak mengetahui. Kesabaran dibutuhkan untuk meyakinkan mereka untuk mengatakan yang sebenarnya atau setidaknya tunjukkan jalan. Aku menyelesaikan makan malam bersama Renato. Aku bangun dari meja, permisi dan tidur. Keesokan harinya akan sangat penting dalam rencanaku.

Jalan-jalan melalui desa

Hari baru muncul. Matahari terbit, burung-burung bernyanyi dan kesegaran amplop pagi seluruh kamar hotel yang kita masuki. Aku bangun merasa mengerikan. Renato sudah bangun. Aku meregang, sikat gigiku, dan mandi. Apa yang kudengar malam sebelumnya membuatku sedikit khawatir. Bagaimana Mimoso bisa didominasi oleh penyihir jahat? Dalam situasi apa? Misteri itu terlalu mendalam bagi saya. Kristen diterapkan di Amerika di abad keenam belas dan sejak itu telah menjadi Supreme, mengendalikan seluruh benua. Lalu kenapa, di sana, di tengah-tengah antah berantah, apakah jahat mendominasi? Aku harus mencari tahu penyebab dan alasan untuk itu.

Aku meninggalkan ruangan dan kepala ke dapur untuk sarapan. Meja diatur dan aku bisa melihat beberapa barang: Manioc, tapioca dan kentang. Aku mulai melayani diriku sendiri karena aku merasa di rumah. Para tamu lainnya tiba dan juga bertindak sama. Tak ada yang menyentuh subjek malam sebelumnya dan tak ada yang berani juga. Carmen mendekat dan menawarkan aku secangkir teh. Aku terima. Tea bagus untuk menghilangkan sakit hati dan membangkitkan semangat seseorang. Aku membuat percakapan dengannya.

"Bisakah kau menyuruh seseorang untuk membimbingku saat di Mimoso? Aku ingin melakukan beberapa wawancara.

" Itu tidak perlu, sayangku. Mimoso tidak lebih dari sebuah desa.

"Aku takut kau salah paham. Aku ingin seseorang yang intim dengan orang-orang, seseorang yang bisa kupercaya.

"Aku tak bisa karena aku punya banyak tugas. Semua tamuku bekerja. Aku punya ide: Cari Felipe, anak pemilik gudang. Dia punya waktu luang.

"Terima kasih atas tipnya. Aku tahu di mana gudang berada di pusat kota. Aku akan menelepon Renato dan kita akan pergi bersama-sama.

"Indah. Semoga kau beruntung.

Aku memanggil Renato yang masih di kamar hotel. Kuharap dia akan sarapan agar kita bisa pergi. Apa aku bisa mendapatkan informasi yang akurat tentang kasus Mimoso? Aku ingin tahu. Renato menyelesaikan sarapannya, kita mengucapkan selamat tinggal kepada Carmen dan akhirnya pergi. Plaza berdekatan dengan hotel penuh dengan anak-anak muda. Anak-anak muda berdiri berbicara dengan satu sama lain dan anak-anak sedang bermain. Aku mengamati semua kegembiraan saat lewat. Aku belok ke sudut menuju pusat kota dan segera tiba di gudang. Seorang pria sekitar 50 tahun adalah pelayan. Aku memberi tanda pada pria itu untuk datang.

"Ada yang bisa kubantu?

"Aku mencari Felipe. Dimana dia, tolong?

"Felipe adalah anakku. Tunggu sebentar, aku akan meneleponnya. Dia di gudang.

Pria itu berjalan pergi dan tak lama setelah kembali disertai oleh gadis berambut merah muda, dan ketika Skinny dibangun seperti pria berusia tujuh belas tahun.

" Aku Felipe. Apa yang kau butuhkan?

"Carmen merekomendasikanmu padaku. Aku ingin kau menemaniku dalam beberapa wawancara. Namaku Aldivan, senang bertemu denganmu.

"Tentu, dengan senang hati, aku akan menemanimu. Aku punya waktu luang. Kita bisa mulai dengan apotek yang ada di sebelah. Pemiliknya adalah seorang ahli tempat karena dia berada di sini sejak yayasan.

" Bagus. Ayo.

Ditemani oleh Renato dan Felipe aku pergi ke Farmasi di mana aku akan melakukan wawancara pertama saya. Fakta bahwa aku bukan seorang jurnalis sejati membuatku sedikit gugup dan cemas. Kuharap aku melakukannya dengan baik. Setelah semua, aku naik gunung, aku melakukan tiga tantangan dan aku lulus uji gua. Sebuah wawancara sederhana tidak akan merobohkanku. Setelah tiba di apotek, kami menghadiri untuk segera. Kami diperkenalkan kepada pemiliknya. Aku meminta untuk mewawancarainya dan dia setuju. Kita pensiun ke lokasi yang lebih tepat di mana kita bisa sendirian dan berbicara. Aku mulai wawancara pemalu.

"Apakah benar bahwa Anda adalah salah satu penghuni tertua, salah satu pendiri tempat ini?

"Ya, dan jangan panggil aku Pak. Namaku Fabio. Mimoso benar-benar mulai berdiri keluar sejak implantasi departemen kereta api. Kemajuan dan teknologi modern tiba pada tahun 1909 dengan kereta api besar Barat. Para insinyur Inggris Calander, Tolester dan Thompson merancang rel kereta api, membangun gedung stasiun dan Mimoso mulai tumbuh. Perdagangan diterapkan dan Mimoso menjadi salah satu gudang terbesar di wilayah tersebut, kedua hanya untuk Carabais. Mimoso ditakdirkan untuk tumbuh dan itulah mengapa aku di sini.

"Apa hidup di sini selalu halus atau mengalami peristiwa tragis?

" Ya, itu telah. Setidaknya sampai satu tahun yang lalu. Sejak itu tidak sama. Orang-orang sedih dan telah kehilangan semua harapan. Kita hidup di bawah kediktatoran. Beban pajak terlalu tinggi, kita tidak memiliki kebebasan berbicara dan kita harus membuat suara kita untuk tersembunyi. Agama bagi kita telah menjadi sinonim dengan penindasan. Dewa kita adalah dewa yang kejam yang ingin darah dan balas dendam. Kita kehilangan kontak dengan Tuhan Sang Bapa, Satu-satunya.

"Ceritakan apa yang terjadi satu tahun yang lalu.

"Aku tak mau dan aku bahkan tak bisa membicarakan tragedi itu. Ini sangat menyakitkan.

" Tolong, aku butuh informasi ini.

" Tidak. Keluargaku akan menderita jika aku bilang. Para roh bisa mendengar segalanya dan akan memberitahu Clemilda. Aku tak bisa mengambil resiko yang begitu banyak.

Aku bersikeras, lagi dan lagi, tapi dia menjadi bersikeras. Takut telah membuatnya pengecut dan berpikiran sempit. Dia pensiun dari tempat tanpa penjelasan lebih lanjut. Aku sendirian, gelisah dan penuh pertanyaan. Mengapa mereka takut penyihir ini begitu banyak? Dari tragedi apa yang dia katakan? Aku butuh informasi ini untuk tahu apa yang aku hadapi. Aku adalah Sang Perawan, berbakat, tapi itu tidak membuatnya lebih mudah. Jika Clemilda ini menguasai pasukan gelap, dia akan menjadi musuh yang tangguh. Sihir hitam mampu menangkap manusia bahkan yang terbaik yang diperut. Bentuk "Pasukan lawan" bisa menghancurkan alam semesta dan ini adalah hal yang paling jauh dari pikiran saya. Perhatian dibutuhkan sekarang. Yang jelas bagiku adalah keseimbangan "pasukan lawan" rusak dan itu adalah misiku untuk menyatukan kembali itu. Tapi untuk itu, itu perlu untuk mengetahui keseluruhan cerita. Aku pergi dengan pikiran itu. Aku menemukan Renato dan Felipe dan kita pergi untuk wawancara baru. Aku berharap berhasil.

Aku benar-benar frustasi setelah wawancara. Aku tidak mendapatkan semua informasi yang aku butuhkan. Wartawan macam apa aku? Aku pikir aku harus mengambil kursus dalam jurnalisme. Semua orang yang aku wawancarai, tukang roti dan pandai besi, mengulang apa yang sudah kuketahui. Renato dan Felipe mencoba menghiburku tapi aku tidak bisa memaafkan diriku sendiri. Sekarang aku tersesat, di akhir dunia di mana peradaban belum tiba. Satu-satunya informasi yang aku tahu adalah Mimoso diperintah oleh seorang penyihir jahat. Jeritan yang kudengar di gua keputusasaan masih membuatku pusing. Siapa yang sangat membutuhkan bantuanku? Aku berkonsentrasi pada tangisan ini dan, membantu dengan kekuatanku, datang ke Mimoso melalui perjalanan waktu. Tujuan perjalanan ini belum jelas bagiku. Guardian telah berbicara untuk menyatukan kembali "Pasukan Lawan" tapi aku tidak tahu bagaimana melakukan ini. Yang kutahu adalah aku masih belum bisa mengendalikan "Pasukan lawan" dan itu membuatku lebih menderita. Sekarang bukan waktunya untuk patah semangat. Aku masih punya dua puluh delapan hari untuk menyelesaikan masalah ini. Yang terbaik sekarang adalah kembali ke hotel dan mengumpulkan kekuatanku seperti yang aku butuhkan. Renato dan Felipe bersamaku dan dalam perjalanan, kita harus saling mengenal satu sama lain. Mereka orang-orang yang baik. Aku tidak merasa sendirian di tempat ini yang didominasi oleh kekuatan di bawah dan penuh misteri.

Kastil Hitam

Kita berada di hari ketiga setelah perjalanan waktu. Hari sebelumnya tidak meninggalkan kenangan indah. Setelah wawancara, aku memutuskan untuk menghabiskan sisa hari di hotel menemukan diriku sendiri. Ini adalah titik awal saya: menemukan diriku untuk menyelesaikan masalah penting. Renato masih belum membantuku sejauh ini. Kurasa penjaga itu salah telah mengirimnya bersamaku. Setelah semua, dia masih anak-anak dan karena itu tidak memiliki banyak tanggung jawab. Situasiku sama sekali berbeda. Aku adalah seorang pemuda dari 26, asisten administrasi, dengan gelar matematika dan banyak tujuan. Aku tidak punya waktu untuk berpikir tentang cinta atau diriku sendiri karena aku sedang dalam misi, meskipun aku tidak tahu persis apa itu. Satu-satunya kepastian yang kumiliki adalah aku naik ke gunung, menyadari tantangan, menemukan gadis muda, hantu, anak dan wali dan aku lulus tes di dalam gua. Aku menjadi Sang Peramal tapi bukan itu saja. Aku harus mengatasi tantangan hidup terus-menerus. Hari baru adalah fajar, dan dengan harapan baru. Aku bangun, mandi dan sarapan, sikat gigiku dan mengucapkan selamat tinggal kepada Carmen. Hari sebelumnya telah terbangun dalam ide baru, untuk mengetahui musuhku secara intim dan mencuri informasi dari mereka. Itu satu-satunya jalan keluar.

Aku pergi ke jalan, dan melihat taman bermain dan semua orang duduk di bangku. Mereka bertindak normal seolah-olah mereka berada di komunitas normal. Mereka telah menyesuaikan diri. Manusia menjadi terbiasa dengan apa pun bahkan selama masa kiamat. Aku terus berjalan. Aku berbalik, bertemu beberapa orang dan aku tetap tegas dalam tekadku. Tantangan dari gua membantuku kehilangan rasa takut akan segala situasi. Aku menemukan tiga pintu mewakili rasa takut, kegagalan dan kebahagiaan. Aku memilih kebahagiaan dan membuang sisanya. Aku siap untuk tantangan baru. Aku belok ke sudut lain dan datang ke sisi barat desa. Sebuah kastil besar muncul. Ini adalah sebuah bangunan yang memaksa terdiri dari dua menara utama dan menara sekunder. Kediaman adalah batu bata hitam dicat. Rasa buruk, khas seorang penjahat. Jantungku berdetak dan langkah-langkahku juga begitu. Masa depan Mimoso tergantung pada sikapku. Nyawa tak bersalah dipertaruhkan dan aku tak akan membiarkan ketidakadilan lainnya. Aku tepuk tangan berharap mendapat perhatian seseorang di rumah. Seorang anak yang kuat, kulit tinggi dan gelap keluar dari dalam rumah.

" Apa yang kau butuhkan?

"Aku di sini untuk bertemu Clemilda.

"Dia sedang sibuk sekarang. Lain kali saja.

"Tunggu sebentar. Ini penting. Aku reporter untuk Daily Journal dan aku datang untuk melakukan laporan khusus pada dirinya. Beri aku lima menit.

"Wartawan? Kurasa dia akan menyukainya. Aku akan mengumumkan kedatanganmu.

" Tidak perlu. Izinkan aku ikut denganmu.

Pria itu memberi akses ke pintu depan. Sebuah goyang berjalan melalui tubuh saya dan suara bersikeras memperingatkan saya untuk tidak masuk Seekor kucing berjalan melewati dan berkedip cakar sengit. Aku berdoa agar Tuhan memberiku kekuatan untuk menahan situasi apapun. Anak itu menemaniku, dan kita masuk. Pintu memberikan akses ke sebuah lobi hiasan besar yang penuh dengan warna dan kehidupan. Di sisi kanan, ada akses ke lebih dari tiga kamar lagi. Di tengah adalah gambar orang suci dengan tanduk, tengkorak dan benda-benda berdosa lainnya. Di sisi kiri adalah lukisan yang aneh. Skenarionya mengerikan dan aku tidak bisa menggambarkannya. Pasukan negatif mendominasi tempat dan membuat saya pusing karena ini adalah bentrokan dari "Pasukan lawan." Orang itu berhenti di depan salah satu kompartemen dan mengetuk. Pintunya terbuka, asap naik dan wanita gemuk dan gemuk, dengan fitur yang kuat, sekitar 40 tahun, muncul.

"Untuk apa aku berutang kehormatan Sang Penemu secara pribadi datang mengunjungiku?

Dia memberi sinyal untuk pria itu menghilang. Aku benar-benar bingung dengan sikap nya. Bagaimana dia mengenalku? Mungkinkah dia tahu tentang gunung dan gua? Kekuatan aneh apa yang dimiliki wanita itu? Ini dan banyak pertanyaan lain yang terlintas di pikiranku saat itu.

" Aku melihat kau mengenalku. Maka kau harus tahu kenapa aku datang ke sini. Aku ingin tahu tentang tragedi dan bagaimana kau mendominasi atas tempat yang tenang.

"Tragedi? Tragedi apa? Tidak ada yang terjadi di sini. Aku hanya memodifikasi tempat ini sedikit untuk membuatnya menjadi lebih menyenangkan. Orang dengan kebahagiaan palsu mereka... mereka membuatku kesal dan aku memutuskan untuk mengubahnya. Mimoso menjadi milikku dan bahkan kau tidak bisa melakukan apa-apa. Kekuatan psikismu tak ada apa-apanya dibandingkan dengan milikku.

(Tiap-tiap orang yang berdosa) orang kafir (menyombongkan diri) tidak mau beriman kepada adanya hari akhirat. Kita berdua tahu bahwa situasi ini tidak bisa berlangsung lama. "Pasukan lawan" harus tetap di keseimbangan alam semesta. Baik dan jahat tidak bisa menentang satu sama lain karena jika tidak alam semesta berada dalam risiko menghilang.

"Aku tak peduli dengan alam semesta atau rakyatnya! Mereka hanyalah serangga. Mimoso adalah domain saya dan Anda harus menghormati itu. Jika kau menentangku, kau akan menderita. Aku hanya perlu menyebutkan satu kata ke Mayor dan aku akan menangkapmu.

" Apa kau mengancamku? Aku tidak takut ancaman. Aku adalah Sang Peramal yang naik gunung, menyelesaikan tiga tantangan dan mengalahkan gua.

"Pergi dari sini, sebelum aku memasakmu di kuali. Aku muak dengan kebajikanmu. Itu membuatku jijik.

"Aku akan pergi, tapi kita akan bertemu lagi. Kebaikan selalu menang pada akhirnya.

Sangat cepat, aku meninggalkan dia dan berjalan ke pintu. Saat aku pergi, aku masih mendengar leluconnya. Dia benar-benar cukup gila. Pertanyaanku tak terjawab, dan aku tak punya tujuan dan tanpa tanda apapun. Pertemuan dengan Clemilda tidak memenuhi tujuanku.

Kapel Ruins

Setelah meninggalkan istana hitam, aku memutuskan untuk mengambil jalan lain. Aku ingin melihat beberapa lebih banyak kota dan orang-orangnya. Berjalan menuju timur, aku menemukan beberapa dan mencoba untuk membuat percakapan. Namun, mereka menghindariku. Ketidakpercayaan mereka bahkan lebih besar karena aku seorang reporter muda yang tidak diketahui. Mereka tidak tahu niat sebenarnya saya. Aku ingin menyelamatkan Mimoso, menemukan orang yang kucari dan menyatukan kembali "pasukan lawan" seperti yang diminta oleh wali. Tapi untuk itu diperlukan untuk meminjam sedikit dari sejarah tempat dan tahu persis semua musuh saya. Aku harus menemukan semua itu secepat mungkin karena aku punya batas waktu untuk bertemu. Tantangan gunung, tantangan, gua, semua ini adalah pengetahuan yang diperlukan bagi saya untuk mengetahui apa kehidupan itu seperti dan bagaimana orang-orang hidup itu. Sudah waktunya untuk meletakkannya ke latihan. Aku berbalik ke sudut dan beberapa kaki di depan aku menemukan tumpukan puing. Aku memikirkan kurangnya organisasi tempat dan orang-orangnya. Sampah mengambang bebas di antara masyarakat dan mampu mengirimkan penyakit dan melayani sebagai hewan dan perawat serangga; ini berbahaya bagi manusia. Tunggu. Ada sesuatu yang berbeda di sampah ini. Semi-dug up, aku melihat salib kayu besar seolah-olah itu dari kapel. Aku memindahkan sampah di tempat sampah yang lebih baik dan bisa melihat dengan jelas, ini adalah salib. Setelah menyentuhnya, gelombang panas mengalir melalui seluruh tubuhku dan aku mulai memiliki penglihatan. Aku melihat darah, penderitaan dan rasa sakit. Untuk sesaat, aku menemukan diriku di lokasi itu berpartisipasi dalam peristiwa masa lalu. Aku lepaskan tanganku dari salib. Aku belum siap. Aku butuh waktu untuk menyerap semua yang kurasakan dalam waktu kurang dari tiga detik. Salib entah bagaimana meningkatkan kekuatanku dan aku mulai merasakan tindakan dari kekuatan yang menentang milikku.

Perintah

Kunjungan saya ke yang ditakuti, penyihir gelap bernama Clemilda tidak meninggalkannya bahagia. Dia tidak pernah bertentangan. Dia menguasai komunitas Mimoso benar-benar tidak terbatas. Namun, dia tidak menghitung pada kekuatan baik mengirimku dalam perjalanan kembali ke tempat itu. Segera setelah kepergianku dari kastil, dia bertemu dengan para antek, Totonho dan Cleide dan mereka berkonsultasi dengan pasukan okultisme. Mereka masuk di kompartemen kiri terletak di lorong dan mengambil, sebagai pengorbanan, babi kecil. Penyihir mengambil buku dan mulai untuk membaca doa setan dalam bahasa lain dan dia dan kroni-nya mulai mengorbankan hewan malang. Sebuah jejak darah mengisi kompartemen dan kekuatan negatif mulai berkonsentrasi. Cahaya alami dari daerah itu direbus dan penyihir mulai berteriak gila. Dalam waktu singkat, kegelapan mengambil alih kurungan dan pintu komunikasi antara dua dunia dibuka melalui cermin. Clemilda melakukan dengan penuh rasa takut pada Tuhan-nya, lalu mulailah mengajukan padanya. Dia satu-satunya yang memiliki kemampuan ini. Peramal yang berdosa dan reseptor nya berada di komuni penuh untuk beberapa waktu. Yang lain hanya menyaksikan seluruh situasi. Setelah pertemuan itu, kegelapan menghilang dan situs itu kembali ke negara awalnya. Clemilda mendapatkan dirinya dari dampak percakapan, memanggilnya pembantu dan mengatakan kepada mereka:

Kematiannya akan tragis dan akan menandai jalan mereka ke alam kegelapan. Ini adalah perintah Ratu Clemilda untuk seluruh Mimoso.

Dengan cepat Clemilda pergi untuk memenuhi perintah mengumumkan berita kepada penduduk desa, ke situs tetangga dan ke lahan pertanian.

Pertemuan Warga

Dengan perintah Clemilda, warga bahkan lebih ceroboh dalam hal ini. Fabio, pemilik apotek dan presiden dari asosiasi pemilik rumah, mengadakan pertemuan mendesak dengan pemimpin utama tempat. Pertemuan itu dijadwalkan jam 10 pagi di gedung asosiasi pusat kota. Mereka akan sengaja menangani kasusku.

Pada waktu yang ditentukan, aula utama gedung itu sepenuhnya diisi. Hadiah Mayor Quintino, delegasi Pompeu, Osmar (petani), Sheco (pemilik gudang), dan Otavio (pemilik toko pertanian), di antara yang lain. Fabio, Presiden, memulai sesi:

Teman-temanku, seperti yang kalian tahu, Clemilda melepaskan perintah kemarin sore. Tak ada yang boleh menyampaikan informasi apapun pada subjek yang disebut "Sang Pemburu" yang menginap di hotel. Aku melihat orang ini sangat berbahaya dan harus di tahan. Dia bahkan mencoba untuk mengumpulkan beberapa informasi dari saya tapi gagal. Dia ingin tahu tentang tragedi.

"Aku belum pernah mendengar tentang orang ini. Darimana dia berasal? Siapa dia? Apa yang dia inginkan dari desa kecil kita? (Meminta Mayor)

" Tenang, Mayor. Kita masih belum tahu itu. Satu-satunya informasi yang kita miliki adalah dia adalah orang luar misterius. Kita harus memutuskan apa yang harus dilakukan dengannya. (Fabio)

"Tunggu sebentar, guys. Dari apa yang kutahu dia bukan penjahat.

Anakku Felipe menemaninya di jalan-jalan ke kota dan mengatakan bahwa dia adalah orang yang baik, jujur. (Sheco)

"Penampilan bisa menipu, nak. Jika Clemilda telah memerintahkan ini kepada kita, maka orang ini telah menjadi bahaya bagi kita. Kita harus mengusirnya secepat mungkin. (Otavio)

"Jika kau butuh jasaku, aku bisa. (Pompeu, delegasi)

"Ada gangguan kecil di perakitan. Beberapa mulai protes. Pompeu bangun, konsultasi major dan berkata:

"Ayo kita tangkap orang ini. Di penjara kita akan bertanya semua pertanyaan yang diperlukan.

Kelompok ini membongkar perintah untuk menangkapku. Mungkinkah aku seorang kriminal?

Percakapan yang menentukan

Aku meninggalkan reruntuhan kapel dan mulai berjalan menuju hotel. Indera keenam saya mengatakan bahwa saya dalam bahaya. Bahkan, sejak aku berada di Mimoso itu selalu memperingatkanku tentang kemana aku pergi. Sebuah desa didominasi oleh pasukan gelap bukanlah pilihan yang baik liburan. Namun, aku harus memenuhi janji yang dibuat untuk penjaga gunung untuk menyatukan kembali "pasukan lawan" dan untuk membantu pemilik jeritan yang kudengar di gua keputusasaan. Aku tidak bisa pernah meninggalkan misi ini. Langkah kakiku mempercepat dan segera aku tiba di hotel. Aku membuka pintu, pergi ke dapur dan menemukan Carmen, harapan terakhirku. Aku merasa cukup keberanian dan mengandalkan kebaikan untuk membantuku.

" Carmen, aku perlu bicara denganmu, Bu.

"Katakan padaku, Aldivan, apa yang kau inginkan?

"Aku ingin tahu segalanya tentang tragedi dan sejarah Mimoso.

"Anakku, aku tidak bisa. Apa kau tidak tahu yang terbaru? Clemilda mengancam membunuh semua orang yang memberikan informasi padamu.

" Aku tahu. Dia adalah ular. Namun, jika kau tidak membantuku, Mimoso akan tenggelam lebih dan menjalankan risiko menghilang.

"Aku tidak percaya. Bajingan itu tidak pernah binasa. Itu pelajaran yang kupelajari sejak dia mulai memerintah.

Diam berlaku sebentar dan aku menyadari jika aku tidak mengatakan yang sebenarnya, aku tidak akan memiliki jawaban. Penculikku sedang bersiap untuk menyerang.

"Carmen, dengarkan baik-baik apa yang akan kukatakan. Aku bukan wartawan atau reporter. Sebenarnya, aku seorang penjelajah waktu yang misinya adalah untuk mengembalikan keseimbangan yang Mimoso sangat dibutuhkan. Sebelum aku datang ke sini, aku naik gunung Ororubá; aku melakukan tiga tantangan, menemukan seorang pemuda, penjaga, sang wali, hantu dan Renato. Mengatasi tantangan, aku mendapatkan hak untuk memasuki gua keputusasaan, gua yang dapat menyadari bahkan mimpi yang paling mendalam. Di gua, aku menghindari perangkap dan maju melalui skenario yang tidak ada manusia lain yang pernah melampaui. Gua itu membuatku Sang Pemburu, mampu melewati waktu dan jarak untuk menyelesaikan keluhan. Dengan kekuatan baruku, aku bisa kembali ke masa lalu dan tiba di sini. Aku ingin menyatukan kembali "Pasukan Peperangan" membantu seseorang yang tidak kukenal dan menggulingkan tirani penyihir jahat ini. Pada akhirnya, aku perlu tahu segalanya dan tahu apa yang bisa kau ungkapkan. Kau orang baik dan seperti yang lain di sini kau layak bebas seperti Tuhan menciptakan kita.

Carmen duduk di kursi dan menjadi emosional. Air mata yang meluncur di bawah wajahnya yang matang dari penderitaan. Aku memegang tangannya dan mata kita bertemu dalam sekejap. Untuk sesaat, aku merasa seolah-olah aku berada di hadapan ibuku sendiri. Dia bangun dan ber-motivasi bagi saya untuk menemaninya. Kami berhenti di depan pintu.

Kau akan menemukan jawaban yang sangat kau butuhkan di sini di depositori ini. Ini adalah apa yang bisa saya lakukan untuk Anda: menunjukkan jalan. Semoga beruntung!

Aku berterima kasih padanya dan memberinya salib yang diberkati.

Dia tersenyum. Aku masuk ruang penyimpanan, menutup pintu dan aku menemukan beberapa surat kabar yang dicetak. Dimana benda ini yang aku cari?

Visi

Aku duduk di kursi yang tersedia, mendukung diriku di meja kecil dan mulai membalik koran yang kutemukan. Semua berasal dari periode 1909-1910. Aku hanya membaca berita utama, tapi mereka tidak memiliki banyak untuk melakukan apa yang saya cari. Beberapa berbicara tentang Pesqueira dan pemerintahan kota lain di wilayah tetapi masalah ditujukan untuk masalah kesehatan, pendidikan dan politik. Apa yang sebenarnya aku cari? Sebuah tragedi yang mampu mengguncang tempat kecil ini dan membuatnya menjadi bidang kegelapan. Aku terus membalik berkas-berkas dan tampaknya bagi saya bahwa ini akan menjadi tugas yang melelahkan dan monoton. Kenapa Carmen tidak memberitahuku secara langsung? Bukankah aku bisa dipercaya? Ini akan jauh lebih sederhana. Sekali lagi, aku ingat gunung, tantangan dan gua. Tidak selalu cara sederhana yang lebih mudah, lebih jelas, atau lebih mudah. Aku mulai mengerti sedikit. Lagipula, dia berada di bawah kekuatan penyihir jahat, kejam dan sombong. Dia menunjukkan jalan, persis bagaimana dia mengatakan dan saya pikir bahwa ini akan cukup bagi saya untuk menang, mencapai tujuan saya dan bahagia. Aku terus membalik berkas-berkas dan mengambil satu kantong dari tahun 1910. Jika aku ingat dengan benar, itu tahun tragedi yang Fabio telah memberitahu saya di wawancara. Aku mulai membaca berita utama dan berita. Aku harus memeriksa semua kemungkinan.

Setelah satu jam membaca dan membaca ulang surat kabar Aku tidak menemukan apa pun yang menarik perhatianku. Berita regular, olahraga dan bagian lain adalah semua yang bisa kutemukan. Harapan yang aku miliki untuk menemukan berita itu ada di kantong kertas 1910 yang aku ambil. Tunggu. Jika tragedi ini benar-benar terjadi, itu pasti akan terjadi di koran yang terutama terpisah, karena ini adalah berita besar. Aku mulai mencari laci lemari di samping meja. Aku menemukan berbagai koran dengan tanggal yang berbeda. Satu menyerang saya: itu dari hari ke 10 Januari 1910 dan memiliki berita utama berikut: Christine, Monster muda. Kurasa aku menemukan apa yang kucari. Setelah menyentuh kertas, angin dingin memukulku, jantungku berdegup dan seperti perjalanan melalui waktu aku mengalami visi sejarah ini.

Awal

Abad 20 dimulai dan dengan itu kemunculan perintis pertama dari tanah terletak barat dari Pesqueira. Yang pertama yang pergi adalah Mayor Quintino dan temannya Osmar kedua berasal dari Negara Alagoa dan yang menyetujui tanah yang merupakan milik penduduk asli. Penduduk asli diusir, dipermalukan dan dibunuh. Mereka berdua memutuskan untuk tidak bergerak permanen ke wilayah karena tidak memiliki struktur yang cocok untuk mereka.

Seiring waktu, ada orang lain yang datang banyak orang yang membersihkan banyak untuk kantor penggaris. Tanah itu disumbangkan dan rumah pertama dibangun. Maka, buat kesepakatan. Pemilihan menarik beberapa pedagang di wilayah ini tertarik memperluas bisnis mereka. Sebuah gudang, sebuah pompa bensin, toko kelontong, apotek, dan toko pertanian dibuka. Sebuah sekolah dasar dasar intelektual untuk populasi umum. Mimoso kemudian pindah ke kategori subjek desa ke markas Besar Pesqueira.

Kereta Api

Dari tahun 1909, kereta Great Western tiba di Mimoso membawa kemajuan dan teknologi ke tempat yang damai. Insinyur Inggris Calander, Tolester dan Thompson bertanggung jawab untuk meletakkan rel dan pembangunan gedung stasiun. Pengaruh Eropa juga dapat diamati pada pasangan bata bangunan lain dan di daerah perkotaan Mimoso.

Dengan diimplementasikan kereta api, Mimoso (nama berasal dari rumput Mimoso, sangat umum di daerah) menjadi pusat kepentingan komersial dan relevansi politik daerah. Berlokasi strategis di perbatasan pedalaman dengan padang gurun, desa ini dikonsolidasikan sebagai titik kedatangan dan keberangkatan produk dari banyak kota Pernambuco, Paraíba dan Alagoas. Selain kereta api, jalan tanah yang menghubungkan Recife ke padang gurun berlalu tepat di pusatnya, berkontribusi pada kemajuan tempat itu.

Populasi Mimoso terbentuk pada dasarnya oleh keturunan keluarga asal Lusitania. Bagian populasi yang paling tidak disukai adalah keturunan asal India dan Afrika. Orang-orang Mimoso dapat dicirikan sebagai orang yang ramah dan ramah.

Pindah

Dengan konsolidasi penerbangan dari kereta api dan kemajuan konsekuensi di Mimoso, pencari jalan dari wilayah tersebut (Mayor Quintino dan Osmar) memutuskan untuk mengambil tempat tinggal di situs dengan semua keluarga mereka masing-masing.

Itu hari ke-10 Februari 1909. Cuacanya bagus, angin adalah Timur Utara dan aspek desa sesederhana mungkin. Sebuah kereta muncul di horizon yang diarahkan oleh insinyur Roberto membawa penghuni lokal baru dari Recife: Mayor Quintino, istrinya, Helena, seorang wanita kulit hitam dari Bahia. Di dalam kereta, di kompartemen penumpang, sebuah Christine gelisah menunjukkan dirinya.

"Ibu, sepertinya kita sudah tiba. Seperti apa Mimoso? Apa aku akan menyukainya?

"Diam, anakku. Jangan cemas. Segera kau akan tahu. Yang penting adalah kita bersama sebagai keluarga. Sebelum lama, kita akan menetap dan mencari teman.

Mayor menyaksikan dua dan memutuskan untuk bergabung dengan percakapan.

"Kau tak perlu khawatir. Anda tidak akan kehilangan apa pun. Aku telah membangun rumah yang indah terletak di salah satu tanah yang aku miliki. Itu di sebelah desa. Ingat, kau akan memiliki kebebasan penuh untuk berhubungan dengan orang-orang di tingkat sosial kita tapi aku tidak ingin kau berhubungan dengan orang yang tidak bersih atau sangat miskin.

"Itu prasangka, Ayah! Di biara di mana aku tinggal selama tiga tahun aku diajarkan untuk menghormati setiap manusia yang terlepas dari kelas sosial, etnis, keyakinan atau agama. Kita layak apa yang kita simpan dalam hati kita.

"Biarawati itu terputus dari kenyataan karena mereka hidup diam. Aku seharusnya tidak membiarkan Anda untuk pergi ke sana karena Anda telah kembali dengan kepala penuh omong kosong. Ide ibumu, yang tidak lagi kudengarkan.

Aku selalu bermimpi bahwa dia menjadi seorang biarawati. Christine adalah hadiah besar dari Tuhan. Aku mengajarinya semua prasangka dari agama yang aku tahu. Ketika dia berusia 15 tahun, aku mengirimnya ke biara karena aku yakin akan pekerjaannya. Namun, tiga tahun kemudian, dia menyerah dan itu masih sakit banyak. Itu salah satu kekecewaan terbesar yang pernah dia berikan padaku.

"Itu impianmu, Ibu, dan bukan milikku. Ada cara tak terbatas untuk melayani Tuhan. Tidak perlu bagi saya untuk menjadi biarawati untuk memahami Dia dan memahami kehendaknya.

"Tentu saja tidak! - Aku akan mengatur pernikahan yang baik untuknya. Aku sudah punya beberapa ide. Sekarang bukan waktunya aku mengungkapkan.

Kereta bersiul bahwa itu akan berhenti. Desa muncul, Christine melihat semua aspek pedesaan dari tempat melalui salah satu jendela. Jantungnya mengencangkan dan dia merasa sedikit gemetar di tubuhnya. Pikirannya penuh dengan keraguan dengan firasat itu. Apa yang menunggunya di Mimoso? Tetap bersama kami, pembaca.

Christine dan Helen, dengan rok lingkaran mereka, memeras keluar dari pintu keluar dari kereta. Mayor tidak menyukainya. Empat keluar dan menyebabkan percikan rasa ingin tahu dari penduduk lokal lainnya. Mereka berperilaku dengan elegan dan kemewahan. Mayor menyapa Rivanio sebagai rasa hormat. Mulai saat itu, mereka berangkat ke rumah mereka, yang terletak di utara desa.

Kedatangan di Bungalo

Christine, Mayor, Helena dan Gerusa tiba di rumah baru mereka. Ini adalah sebuah rumah batu bata dan mortir, gaya bungalo, beberapa 1600 kaki persegi dari area dibangun, yang dikelilingi oleh kebun pohon buah. Di dalam ada dua area hidup, empat kamar tidur, dapur, tempat cucian dan kamar mandi. Di luar sana ada kamar pembantu dengan kamar dan kamar mandi. Empat berjalan dalam keheningan sampai Mayor berbicara.

Ini dia, rumah kita yang kubuat beberapa bulan yang lalu. Kuharap kau menyukainya. Ini adalah luas dan nyaman.

" Kelihatannya sangat bagus. Kurasa kita akan bahagia di sini. (Helena)

"Aku juga berharap begitu, meskipun firasat yang baru saja aku punya. (Christine)

"Promosi adalah omong kosong. Kau akan bahagia, putriku. Tempat ini bagus, penuh dengan orang baik dan ramah. (Mayor)

Empat masuk ke rumah. Mereka membongkar barang-barangnya dan beristirahat. Perjalanan sudah lama dan melelahkan. Mulai hari lain, mereka akan menjelajahi tempat ini.

Pertemuan dengan Penggaris

Hari baru muncul dan Mimoso muncul dengan aspek komunitas pedesaan. Petani keluar dari rumah mereka dan mempersiapkan untuk hari baru kerja keras, pejabat perdagangan juga. Anak-anak lewat dengan ibu mereka di arah sekolah yang baru didirikan. Keledai beredar biasanya membawa beban dan orang-orang. Sementara itu, di bungalo yang indah, Mayor bersiap-siap untuk pergi. Dia sedang menuju pertemuan di Pesqueira. Helena lembut meluruskan jaketnya.

"Pertemuan ini sangat penting bagiku, istriku. Dewa penting tanah ini harus ada di sana, seperti Kolonel Carabais. Aku harus memperbaiki tempatku di atas Mimoso.

"Kau akan baik-baik saja karena kau satu-satunya di tempat ini dengan peringkat Mayor di Garda Nasional. Itu ide yang bagus untuk membeli posisi itu.

"Tentu saja. Aku seorang pria dengan visi dan strategi. Sejak aku meninggalkan Alagoas dan datang ke sini, aku hanya memiliki kemenangan.

"Jangan lupa untuk meminta posisi untuk putri kita Christine. Dia telah melakukan sedikit untuk apa-apa. Pendidikan yang dia terima di biara itu cukup baginya untuk melakukan tugas apa pun.

"Kau tak perlu khawatir. Aku akan tahu bagaimana membujuknya. Putri kita cerdas dan layak mendapatkan pekerjaan yang baik. Aku harus pergi. Aku tidak ingin terlambat ke pertemuan.

Dengan ciuman, Mayor mengucapkan selamat tinggal pada istrinya, Helena. Dia berjalan ke arah pintu, membuka dan pergi. Pikirannya konsentrasi pada argumen yang akan dia gunakan saat sidang. Dia berpikir tentang kekuatan, kemuliaan dan kemarahan sosial yang akan memberinya peringkat besar akan memberinya. Dia bermimpi besar. Dia bermimpi menjadi teman Gubernur dan dengan melakukannya, mendapatkan lebih banyak bantuan. Setelah semua yang penting baginya adalah kekuatan, dan masa depan putrinya, tentu saja. Yang lain hanya pion dalam permainannya. Dia mengambil langkah untuk dalam lima menit kereta ke Pesqueira akan berangkat. Untuk sesaat, dia berpaling dari orang-orang miskin yang dilihatnya di jalan. Dia menyesalinya dan menoleh wajahnya ke dunia lain. Seorang jurusan tidak bisa berbaur dengan semua orang, dia pikir. Yang paling rendah hati dan dikeluarkan, baginya, hanya menghitung pada waktu pemilihan. Ketika saat itu berlalu, mereka kehilangan nilai mereka dan setelah itu Major tidak memperhatikan tuntutan mereka atau kebutuhan. Orang miskin, di bawah kendali Kolonel, tidak berpendidikan dan mengundurkan diri. Mayor terus berjalan dan mendekati stasiun kereta. Saat dia tiba, dia membeli tiket dan papan dengan cepat.

Di kereta, dia mencari kursi terbaik dan mulai mengingat masa kecilnya. Dia adalah seorang anak miskin, dari pinggiran Maceió, yang bekerja sebagai penjual permen. Dia ingat penghinaan dan hukuman oleh ayahnya dan pertempuran dengan saudara-saudaranya. Ini adalah saat ia ingin melupakan tapi ingatannya keras kepala menolak untuk berhenti mengingatkannya. Ingatan terkuat adalah dari pertarungan dengan ibu tirinya dan pisau yang dia gunakan untuk membunuhnya. Darah memancar, teriakan, menangis dan dia melarikan diri dari rumah setelah tindakan datang ke pikiran. Dia menjadi pengemis dan tak lama kemudian diperkenalkan dengan obat-obatan, alkoholisme dan kegilaan. Dia tenggelam ke dunia itu selama sekitar lima tahun sampai suatu hari, seorang wanita yang saleh muncul dan mengadopsinya. Dia tumbuh, menjadi seorang pria dan bertemu Helena, putri petani, dengan siapa dia menikah. Kadang setelah, mereka memiliki putri pertama dan satu-satunya, Christine. Mereka pindah ke Recife. Dia membeli peringkat Mayor Garda Nasional dan perjalanan jauh ke dalam interior mencari tanah. Dia menaklukkan segalanya dari sisi barat sepanjang jalan menuju Pesqueira. Dia mengambil alih tanah dan menjadi orang yang sangat kuat yang dikenal dan dihormati. Dia merasakan dirinya seorang pria besar dalam segala hal. Hidup telah mengajarinya untuk menjadi kuat, menghitung dan menaklukkan manusia. Dia akan menggunakan semua senjata ini untuk mencapai tujuannya. Masih di kereta yang dia lihat tepat di belakangnya, seorang wanita dengan anak di pangkuannya. Dia ingat Christine dan kepolosannya dan manis ketika dia masih kecil. Dia juga ingat hadiah ulang tahun yang dia berikan pada Christine, boneka kain. Dia memberinya hadiah, dia menerimanya dan memanggilnya ayah tercinta. Dia menjadi emosional tapi tidak bisa menangis karena pria tidak bisa melakukan itu di depan umum. Christine kecilnya sekarang seorang wanita muda yang cantik dan menarik. Dia harus mengatur pernikahan yang baik dan beberapa tugas untuknya. Berpikir tentang hal itu dia tertidur di tidur siang. Kereta bergoyang, dia bangun dan mengandalkan jam sakunya untuk melihat jam berapa sekarang. Dia mencatat bahwa itu dekat dengan waktu pertemuan. Kereta mempercepat; Pesqueira datang ke pemandangan dan hatinya tenang. Pikirannya sekarang terkonsentrasi pada pertemuan dan dia berpikir tentang pertemuan dengan teman-temannya. Sinyal kereta itu akan berhenti dan Mayor berdiri untuk mempercepat jalan keluar. Hidup membutuhkan pengorbanan dan dia lebih dari orang lain tahu itu. Waktu selama masa kecilnya dan pengalaman hidupnya memenuhi syarat dia bahkan lebih. Kereta akhirnya berhenti dan dia bergegas turun menuju markas politik kota.

Sekarang jam 8 pagi dan gedung raksasa sudah benar-benar penuh. The Major memasuki, menyambut orang yang dia kenal dan duduk di salah satu kursi depan dipesan untuknya. Sesi belum dimulai. Ada keributan yang didengar di seluruh markas umum. Beberapa mengeluh tentang penundaan, orang lain tentang kerabat mereka yang tidak bisa semua cocok ke kantor penggaris. Manajer gedung mencoba sia-sia untuk mengendalikan situasi. Akhirnya, sekretaris penggaris tiba, meminta untuk diam dan semua mematuhi. Dia mengumumkan:

Yang Mulia, Penggaris Horacio Barbosa, akan memanggilmu sekarang.

Penggaris memasuki, meluruskan pakaiannya dan mempersiapkan untuk memberikan pidato.

"Selamat pagi, teman-teman saya tersayang. Dengan kepuasan besar bahwa aku menyambutmu di kursi ini yang mewakili kekuatan dan kekuatan kota kita. Dengan senang hati aku memanggilmu kemari untuk berbicara sedikit tentang pemerintahan kota kami dan memberdayakan perwakilan politik Mimoso dan Carabais. Korban kami telah tumbuh banyak di sektor komersial dan pertanian. Di perbatasan padang gurun dengan tanah air, kita memiliki Mimoso sebagai pos perdagangan utama. Kami memiliki perwakilan politik Anda, Mayor Quintino, hadir di sini. Di tanah Berbusa kita memiliki Carabais, dan dengan pertanian familier itu telah berhasil untuk membuat banyak dividen untuk kota. Kolonel Carabais, Tn. Soares, juga di sini. Turis dari kota kami juga berkembang setelah pendirian rel kereta api. Seperti yang kau lihat, kota kami tumbuh.

Akhirnya, aku ingin memperkenalkan Tn. Soares dan Tn. Quintino. Mari kita bertepuk tangan pada mereka.

Perakitan berdiri dan bertepuk tangan mereka berdua.

"Dengan wewenangku sebagai penggaris, aku menyatakan kalian komandan dari penduduk lokal kalian. Fungsi Anda adalah untuk memerintah, dengan tangan besi, kepentingan masyarakat, mengawasi koleksi pajak, dan menjaga hukum dan keadilan sesuai dengan kepentingan kita. Aku berjanji akan membantumu dalam segala hal.

Kotak ditugaskan untuk mereka dan semua tepuk tangan. Quintino memberi sinyal untuk penggaris dan keduanya mundur dari podium. Mereka akan memiliki percakapan pribadi. Keduanya masuk ruangan terlarang.

"Yang Mulia, saya meminta waktu Anda karena saya memiliki dua pertanyaan untuk disengaja dengan Anda. Pertama, aku ingin persentase yang lebih tinggi pada koleksi pajak. Kedua, pekerjaan untuk putriku, Christine. Seperti yang kau tahu, Mimoso menjadi pos perdagangan yang sangat penting setelah rel kereta api dan dengan itu, keuntungan dari balai kota proporsional meningkat. Aku ingin kemudian menjadi lebih kuat dan lebih kuat dan siapa tahu, bahkan menjadi penerusmu. Selain itu, aku ingin pekerjaan yang baik dan gaji yang baik untuk putriku, Christine. Dia agak... statis akhir-akhir ini.

"Dengan hormat atas keuntungan, pertanyaanmu menjadi mustahil. Kota ini memiliki banyak biaya dan administrasi saya adalah transparan dan serius. Secara pribadi, aku tak bisa melakukan apa-apa. Adapun pekerjaan, siapa yang tahu, aku bisa memberinya posisi mengajar.

Bagaimana bisa? Administrasimu transparan dan serius? Korupsi di sini terkenal! Ingat baik bahwa aku mendukung gubernur Anda dan memberinya persentase yang cukup besar dari suara. Jika kau tidak memberikan apa yang kuminta, dukungan itu akan batal.

Penggaris diam, dan berpikir dan memikirkan kembali tentang kantornya. Dia mengatur matanya pada Quintino dan berkomentar.

"Kau benar-benar mengerikan. Aku tak ingin menjadi salah satu musuhmu. Baiklah. Aku akan meningkatkan persentase Anda dan saya akan memberikan pengiriman dari pengumpul pajak kepada putri Anda. Bagaimana?

Senyum sedikit penuh wajah Mayor Quintino. Argumennya sudah cukup untuk meyakinkan penggaris. Dia benar-benar pemenang dan seorang pejuang.

" Baiklah. Aku terima. Terima kasih sudah mengerti, Yang Mulia.

Quintino mengucapkan selamat tinggal dan mundur dari ruangan. Pertemuan itu ditunda dan semua mundur dari aula.

Rapat Petani

Setelah akhir sidang, utama "Tuan-tuan" dari kota Pesqueira berkumpul di bar dekat dengan tempat mereka berada. Di antara mereka, Kolonel Sanharó (Tn. Goncalves), Kolonel Carabais (Tn. Soares) dan Mayor Quintino, dari Mimoso. Mereka berbicara dengan ceria tentang kekuasaan, kekuatan dan prestise.

" Pelaksanaan perkeretaapian merupakan surat yang menentang pemerintah. Itu mendorong produksi dan pemasaran harta kita. Pesqueira sudah menyoroti tingkat negara. Distrik-Nya telah menjadi referensi dalam banyak genre yang berbeda. Mimoso, misalnya, menjadi tempat strategis komersial yang sangat penting. Aku sudah bisa melihat semua keuntungan yang bisa aku ambil keuntungan dalam situasi ini. Kekayaan, pengucilan sosial, kekuatan politik dan komando yang tak terbatas. (Mayor Quintino)

"Sedangkan Carabais, rel kereta api tidak mempengaruhi keuangan kita hanya karena fakta bahwa itu tidak memotong melalui distrik kita. Teknisi pemerintah ingin mengalihkannya tepat sebelum pintu masuk desa. Tanah ini tidak cocok untuk penyebaran rel. Distrik kita, adalah pusat pertanian penting. Produk kami diekspor ke negara tetangga. Sebagai Kolonel, aku mendominasi wilayah dan aku dihormati. Mereka yang musuhku tidak akan bertahan lama.

"Pembentukan rel kereta api di Sanharó penting tapi bukan satu-satunya sumber pendapatan. Pertanian itu kuat dan kami unggul di tingkat negara. Susu dan daging kita adalah kelas utama dan memberi kita hasil yang baik. Adapun musuhku, aku memperlakukan mereka dengan cara yang sama sepertimu. Kita harus mempertahankan kekuatan Sistem Kolonel.

"Itu benar. Sistem ini harus dijaga untuk kebaikan kita sendiri. Pemungutan suara, penipuan, jaringan nikmat... semua ini menguntungkan kita. Kekuatan kita dan kekuatan kita berasal dari penyiksaan, tekanan dan intimidasi. Brasil ini: struktur kekuatan yang hebat dimanah hanya yang terkuat yang bertahan hidup. Dari tenggara, dimanah petani kopi kaya mendominasi, ke bagian timur laut dijalankan oleh Kolonel, sistem yang sama. Hanya nama dan situasi yang berubah. Kita harus menjaga orang-orang tenang dan mengundurkan diri karena ini adalah yang terbaik untuk ambisi dan tujuan kita. (Mayor)

"Aku sepenuhnya setuju dan untuk menjaga orang-orang tenang dan setuju itu diperlukan untuk mempertahankan tindakan kekejaman, penindasan dan otoritas. Orang-orang harus takut pada kita. Jika tidak, kita kehilangan rasa hormat dan keuntungan kita. Dunia ini tidak adil dan kita harus menjadi bagian kecil dari populasi yang adalah pemenang. Untuk memenangkan itu diperlukan untuk membunuh, menghina dan mencatat sila dan nilai dan itulah yang akan kita lakukan. (Kolonel Carabais)

Percakapan terus bersemangat tentang wanita, hobi dan hal lain. Mereka menghabiskan hampir dua jam berbicara. Mayor Quintino bangkit, mengucapkan selamat tinggal pada yang lain dan pergi. Kereta yang menuju ke Pesqueira ke Mimoso segera pergi.

Kembali ke rumah

Besar bergegas kembali ke stasiun kereta api Pesqueira. Kereta ini stasiun menunggu saat yang tepat untuk pergi. Dia pergi ke kantor tiket, membeli tiket, meninggalkan tipe dan kepala menuju kereta. Dia naik, mengeluh tentang penundaan kolektor untuk melayaninya dan duduk. Sinyal kereta itu akan pergi dan fokus utama pada rencananya. Dia melihat dirinya sebagai Penggaris Pesqueira, pria tangan kanan gubernur dan kakek setidaknya lima cucu. Anak-anak Christine dengan menantu yang akan dia pilih. Setelah semua, seorang pria dicapai hanya jika dia bisa menikahi anak-anaknya. Kereta berangkat dan membawa itu bersama dengan itu jurusan mimpi.

Ritme kereta cukup biasa. Para penumpang duduk tenang dan nyaman. Seorang karyawan menawarkan jus dan makanan ringan untuk penumpang. Mayor membutuhkan camilan, mengunyah dan imajinasi seberapa baik rasa kemenangan dan kesuksesan. Dia pergi ke pertemuan dan kembali dengan rencananya yang dilaksanakan. Dia berhak mendapat persentase pajak yang lebih tinggi dan pekerjaan yang baik untuk putrinya. Apa lagi yang dia inginkan? Dia adalah pria yang siap, bahagia dalam pernikahannya dan memiliki putri yang cantik. Dia memegang pangkat Mayor dari Garda Nasional, yang telah dia beli, dan itu memberinya hak politik mendominasi Mimoso. Satu-satunya hal yang akan membuatnya bahagia adalah jika dia adalah Kolonel, tangan kanan Gubernur dan menikahi putrinya ke menantu yang ideal. Ini pasti akan terjadi. Waktu berlalu dan kereta akan mendekat ke kota kecil Mimoso, koral pemilihannya. Dia ingin menyampaikan berita kepada dua wanita dalam hidupnya. Jantungnya cepat dan angin dingin menabrak tubuhnya. Tiba-tiba kereta mengubah kecepatan. Mungkin bukan apa-apa, dia berpikir dirinya sendiri. Ritme kereta kembali normal dan dia tenang. Mimoso mendekat dan lebih dekat. Untuk sesaat, dia berpikir bahwa dunia bisa lebih baik dan bahwa semua harus pemenang seperti dia. Dia mencoba untuk menyimpang dari pikiran ini. Dia belajar sejak kecil seperti apa kehidupan itu dan tahu itu tidak akan berubah dari satu menit ke menit berikutnya. Dia masih menanggung tanda penderitaannya: hukuman ayahnya, pertempuran dengan kakak-kakaknya, pembunuhan yang telah dilakukannya. Otaknya menjaga kenangan itu utuh dari era itu. Jika dia bisa, dia akan membuang ingatan itu ke tempat sampah, jauh, jauh. Kereta bersiul bahwa itu akan berhenti. Penumpang memperbaiki rambut dan pakaian mereka. Kereta lewat dan semua orang turun, termasuk Mayor. Kedatangan santai dan dia tersenyum. Lagi pula, dia kembali dari Pesqueira yang menang.

Pengumuman

Setelah turun dari kereta, kepala utama ke stasiun, menyapa Rivanio dan meminta apa semuanya baik-baik saja. Dia menjawab ya dan utama mengucapkan selamat tinggal dan meninggalkan rumah. Seiring jalan, dia bertemu beberapa orang dan mereka berbicara tentang pendidikan. Dia bergegas dan dalam beberapa menit dekat kediamannya. Setelah tiba, dia masuk tanpa upacara, dan menemukan Gerusa membersihkan rumah dan mengirim dia untuk memanggil dua wanita dalam hidupnya. Mereka tiba dan memeluk dan menciumnya. Mayor meminta mereka duduk dan mereka patuh.

"Aku baru saja datang dari pertemuan yang aku lakukan di Pesqueira dan berita tidak bisa lebih baik. Pertama, aku akan menerima persentase yang lebih tinggi pada pajak yang aku kumpulkan. Kedua, aku mendapat pekerjaan dari pengumpul pajak untuk putri tercintaku Christine. Bagaimana menurutmu?

"Sensasional. Aku bangga menjadi istri seorang pria dengan karakter sejati sepertimu. Kita hanya akan menjadi lebih kaya dan lebih kuat seperti kemajuan waktu.

"Aku senang untukmu, Ayah. Tidakkah kau pikir pekerjaan dari kolektor pajak sedikit maskulin bagi saya?

"Apakah kau tidak bahagia, anak perempuan? Ini pekerjaan yang bagus dan dengan pembayaran yang cukup. Aku tidak berpikir itu pekerjaan seorang pria. Ini adalah posisi kepercayaan tinggi bahwa hanya Anda yang dapat melakukan.

"Tentu saja, itu pekerjaan yang bagus. Sebagai ibunya, aku menyetujui tanpa cadangan.

"Oke. Kau telah meyakinkanku. Kapan aku mulai?

"Besok. Fungsi Anda adalah untuk memantau dan menegakkan pengumpul pajak resmi, Claudio, putra Paulo Pereira, pemilik pendirian bensin. Dia bertanggung jawab dan jujur tapi seperti cerita itu mengatakan, kesempatan membuat pria.

"Kurasa itu akan baik bagiku. Ini kesempatan besar untuk bertemu orang dan berteman.

The Mayor pensiun dan pergi untuk mandi. Christine kembali ke merajut bahwa dia lakukan sebelum ayahnya tiba dan Helena pergi untuk memberi perintah kepada pembantu dapur. Keesokan harinya akan menjadi hari pertama dia bekerja.

Tamat

www.ingramcontent.com/pod-product-compliance
Lightning Source LLC
LaVergne TN
LVHW020449080526
838202LV00055B/5392